시의 옷

시詩의 옷

김영기 시조집

정은출판

시인의 말

88 고개 바라보니 아른아른 아지랑이

시의 옷

시의 밥

시의 집

시의 넋

세상이 복마전이래도 꽃피우니 시의 힘

2024년(갑진) 6월 김영기

차 례

제1부
꽃비의 연출이다

제2부

펑 소리 환청 아프다

제3부

고사리도 철학한다

제4부

맑고 깨끗하다

제1부

꽃비의 연출이다

미수米壽

여든 계단 훌쩍 건너
뒤뚱대는 눈에 비친

되돌아갈 길 없어도
갈 길 가는 미삐쟁이*

키질에
날리는 졸레를**
끌어당겨 견준다

*억새 꽃대를 일컫는 제주어
**쭉정이를 일컫는 제주어

수선화

꽃샘바람 몰아내며
봄 눈꽃 피웠으니

하나 같이 백의민족
세한삼우 부럽잖아

삼일절 만세동산에
운력雲力하는 수선화

네 잎 클로버

마사이 보법으로
올레길 걷는 그녀

파릇이 돋는 새싹
발굽에 물이 들 때

눈에 든
네 잎 클로버
손에 잡혀 덤 봤다

앵두

오월의 선물이다
아가씨 그대 입술

앵두는 달콤하다
핑크 향 배인 키스

생일상
데코레이션
오똑 앉아 더 곱구나

퉁! 한 방
-유세장에서

보기는
뭘 봐

나를 언제 알았다고

혼자서 그럭저럭
오늘 살아가는데

괜스레
호들갑 떨며
선심 척척 쓰기는,

불광불급不狂不及

좋아한다
사랑한다
너무 쉽게 뱉은 고백

광대꽃 따 물고서
어쩔래? 나 미쳤다!

칵 죽어
전설을 엮는
선머슴의 풋사랑

시詩의 옷

편하고 임의로운
단벌 남루 벗으려고
신상을 걸쳤더니
어색하고 불편하다

빈티지 축에도 못 낄
솔기 해진
옷 한 벌

병동의 아침

난간을 붙잡으며
어르신은 조심조심

휠체어 받아 밀며
간병인은 직각 보행

4분의
황금 시간대
간호사의 잰걸음

공원 풍경

모자 쓴 연인 둘이
운동 기구 위에 놀고

제주 돌 쉼팡 위엔
벽안碧眼 연인 앉아 쉰다

바람이 건들 불더니
모자만 휙! 날린다

라디오

아기들 희귀병을
라디오가 대신 운다

낡아도 눈물샘은
쟁
쟁
쟁
마중물 돼

웃음꽃 이운 마디를
세고 있다, …여든넷

흑마늘

밥솥에 가로누워
다비 수행했습니다

맵싸하던 성깔 죽고
진기 빼고 수굿해져

드디어 사리로 남은
뜨거운 간증입니다

낙화 이미지

바람에 휩쓸리는
비설의 몸짓이다

봄비를 기다리는
꽃비의 연출이다

초감제
올리기도 전
날아드는 꽃나비

우산

분향하며 울컥한 맘
우산 받쳐 꺼이꺼이

한 번도 너를 품어
울어준 적 없는데

슬픔을 덜어주려는 듯
지붕 타는 곡소리

집이 짐

소라 집도
고만큼만
달팽이도
고만큼만

제 깜냥
제가 알아
분수를
지키느니

집 갖고
불평하느라
집이
짐이 되는 세상

갑옷

김통정
벗어 숨긴
갑옷을 찾는다고

삼별초 군사 대신 날아든 직박구리

날마다
붉힌 울대를
장수물에 적신다

춘궁기春窮期

저들도 보릿고개
버겁게
겪었나 봐

빈속 바람만 넣어
허기지다
우는 새들

다 비워 버려진 병이
덩달아서
"나도요!"

사즉생死卽生

죽어야 산다면서
투신한다, 쨍그랑!

어디서나 유효하다
장군의 그 정신은

죽어서 부룬디* 가니
백만 명을 살린다

*아프리카 최빈국

돌 매화

백록담이 좋아서

흰 사슴이 고와서

작은 꽃잎
꽃잎마다
하늘 끌어안아서
이토록 고고하구나

꿇어 섬긴 저 자태

제2부

펑 소리 환청 아프다

차 한 잔에

사기 다종 치면하게
하늘빛 담아내고
다원의 초록 물결
바다처럼 너른 맘도

님에게 드리고 싶은
내 마음의 차 한 잔

가슴앓이하면서
찻잔에 은밀하게
사랑한다, 황홀한 말
보고 싶다, 그리운 말

내 맘의 떨새를 깨워
오감의 현絃을 켠다

유자가 열렸지만

옛날엔 우리 집이
남의 집 된 사연은
퇴물 소는 넘기고 금송아지 들이자며
호적도 서울특별시 시민이 된 우리 맏형

도서관 오가는 길 올려다본 울 밖에는
선친께서 심은 나무
가지 휘게 열린 유자
탱글한 노란 유자가 내 시선을 끌고끈다

임자가 따로 있는지 남의 손에 풍년들어
유자꽃 향기로나 흠향하고 가시면서
심어 논
나무 한 그루
못 지켰다 벼락 칠라

출력&출산

음양의 조화 속에 새 생명이 태어나듯
기호로 잉태되는 이 시대의 유전인자
조급한 기다림으로 네 정보를 캐어본다

초인종 누르듯 단축키를 터치하면
흑백 · 컬러 가림 없이 순산하는 프린터
출산의 아픈 눈물을 생각이나 했겠나

어디서 복제될 내 분신의 주민번호
맞춤형 자유자재 출산&출력 만능인데
세속의 복마전만은 끝내 막지 못한다

거꾸로 서 보는 세상 · 3

소 '牛'자 써놓고서 요지경에 꺾어보니
젖소의 젖무덤이 망고처럼 익어가네

지상의
바오바브에
왕자별이 걸린다

엘리스* 시곗줄에 우주 열차 걸고 와서
머리에 지구이고 꽃잎 깔며 가고 가네

저기 봐
혼종 시인이
거꾸로 서 오신다

*엘리스 증후군 : 심리병리학적인 현상으로 공간, 시간, 그리고 몸의 이미지가 왜곡되어 보여지는 현상.

경칩 무렵

수목들이 그늘지어 으늑한 종가 정원
휘파람새 맑은소리 숲 향기 품고 와서
산당화 꽃가지마다 부풀린다, 꽃망울

주택가 가장자리 삭막한 도시바람
자취 감춘 참새며, 불청객 까치조차
수목의 먼 손짓 따라 빈객으로 찾아든다

종가 어른 후한 인심 고목의 덕을 닮아
방문객도 줄을 이은 왁자한 경칩 무렵
새 소리 장단 맞추니 펄럭인다, 도포 자락

고구마 유감

햇빛을 몰래 숨겨 줄기를 부풀린 너
구황의 은혜에도 홀대를 받던 것은
어둠 속 이룬 결실을 못 믿어하기 때문

알토란같다는 입에 발린 찬사 없이
미모에 빗대어 비아냥의 대명사로
뒷전에 주눅들게 했다, 편견에 사는 세상

태양을 품었지만 어둠의 바닥 인생
지울 수 없는 누명 꽃으로 밝히는가
고구마 꽃 한 송이가 오늘따라 새롭다

올챙이의 절규

어딘지 모를 연못 착지점 없는 자궁
벽을 향해 돌진하는 본능마저 일없으니
가여운 올챙이라오! 가는 곳도 몰라요

하늘 날아 어디든지 착지하는 민들레 씨
강 거슬러 상류 가는 연어 떼의 몸부림
경중을 따질 일 없는 동경의 삶 자체였소

내 본향 옹달샘에 귀소할 수 있다면
회귀하는 연어 떼 하나도 부럽잖아
내 자손 탄생을 위해 내 한 몸 부서져도

고산동산의 서정

한라산 바라보며 웅비의 꿈 키우던 곳

하나둘 가려버려 조각달만 살짝 숨고

지금은 들을 수 없는
펑 소리 환청 아프다

고단한 사람들이 등짐 지고 쌓은 성벽

옛 상처 지우듯이 그 자리 줄 선 아파트

가풀막 이 고개 훑고
떠난 이들 그립다

러브버그

사랑에 울고 웃는
그런 사랑 아니야
벌레의 본능이라 하찮게 보지 마라
한 생을 러브러브로 마치는 삶 있나니

폼페이 화산재 속
끌어안은 연인도
황홀한 정사라는 어쩌다 그런 사랑
목숨을 다했다 해도 놓쳐버린 그 무엇

호박

풀무치 긴 칼 차고
찍어 놓은 풀빛 흔적

농익은 호박색에
검은 점* 그 틈새로

입추 절 개똥참외를 서리하던 악동 모습

징검돌 건너뛰듯
유년을 추억하며

사는 일 그 같다면
호박 점도 아름다워

점과 선 곡선을 따라 그냥 멈춘 그 자리

*후쿠마 야요이 작품세계 모티브를 함축하고 있다는 호박의 검은 줄무늬. 본태 박물관 소장.

그 꽃이 거기 있어

서우봉 가는 길이 별나게 보이는 건
길가의 담배 집에 백합꽃 피기 때문
내 마음 흔들어 놓듯 오가는 이 흔들었을

꽃집에 피었거나 카페에 피었다면
들 길 위에 떠도는 말 관심 밖의 일이지만
그 꽃은 아가씨의 꽃 말을 듣는 해어화

꽃 보려 걷던 길에 그리움의 배인 그 꽃
시간이 꺾고 갔는지 꽃 지고 없는 지금
헛꽃의 허상이던가 긁힌 슬픔 아릿해

나도 보았다

화창한 봄날 한철 아득해 그에게는

조롱하는 새 노래를 축가로 들었을 때

끝자락 풀벌레 울음 서러운 줄 몰랐다

죽어도 안 온다던 죽어서 돌아온 그

대소가大小家 종착역이 여기인 줄 알았으랴

미워도 어쩔 수 없이 장대 빗속 달린다

조강지처 숙명이란 믿을 수 없다하고

그 길에 뿌린 씨앗 숲으로 가꾼 곳에

바람에 뒹굴며 오는 가랑잎을 보았다

눈물과 통곡

벗이여! 빗돌의 눈물
어디서 보았는가
땀 끝에 눈물 나고
피눈물로 맺던 것을

시인이 눈물 꽃이라 노래하던 그 빗돌

벗이여! 나무의 통곡
어디서 들었는가
한 맺혀 흐른 눈물
피눈물의 절규인 걸

순교의 형상을 하고 피 흘리는 그 나무

어머니 호곡장好哭場

애간장 타들어야 설움이 울음 되는지

좀처럼 울지 않는 어머니 밤의 숲에

한숨을 몰아쳐 대는 밤바람의 대성통곡

눈물이 진주라는
이 말 너도 알고 있니

칠흑 어둠 지나간 후
숲길에 맺힌 이슬

햇살에 반짝이는 것
그 나이 돼 깨쳤다

비의 노래

강점기 적 내 선친의 애창곡은 '아메가 후루'

블루스 리듬 타고 봄비가 내리던 날

꽃 님의 소식이던가, 명자꽃이 피었다

는개에 시나브로 젖어든 '비의 탱고'

멜로디는 달라도 님 그리는 나의 노래

노래도 유전이던가, 빗물 타고 흐른다

아네모네

꽃 피는 즐거움
꽃지는 외로움

뒤를 보는 괴로움
앞을 보는 두려움

꽃 속에 추억이 피는
아네모네 그 카페

바람들어 정처 없다
봄바람에 무장무장

눈 맞아 가뭇없이
날개를 달고 가는

바람꽃 훑고 간 자리
긴 터널의 끝자락

멈칫 그 길 위에

경적 소리 그친 고요
조락의 느티나무
노오란 햇살 꼬리
잡힐 듯 말듯한데
아! 문득
비탈로 뵈는
착시의 가로수 길

끙게에 뒤쳐나온
어찌 보면 쭉정이 삶
애면글면 꾸린 짐을
이 길 위에 부려둘까
아! 반짝
가슴 찌르는
문신 같은 각서까지

우도 순비기

누렁소 큰 두 눈에
우두봉이 들어있다

작아도 산이라고
남긴 뼈를 품은 산

그 틈새 숨소리 맞춰 함께 산다, 순비기

들새를 날려보는
산등성 자유로워

풀어 논 밧갈쉐들
휴식이 평화로워

쇠똥에 묵은 정들어 꽃피운다, 순비기

제3부

고사리도 철학한다

당신의 빗발

비 오시는 기척마다 귀는 늘 열었지만
마음 귀는 굳게 닫혀 들을 수 없습니다
청각만 곤두세운 채
빗소리에 묻힌 밤

보청기 끼워서도 안타까운 마음만 커
내 맘에 빗소리만 찍어 놓고 가십니다
마른들 꽃 자리마다
님이 남긴 발자국

한 치의 착오 없이 제자리 꾹 찍어서
인감이 보증하듯 순정의 꽃 피우시면
빗발은 당신의 마음
사랑 인증입니다

빙벽

구조조정 명퇴 바람
잉꼬 부부 맞은바람
따뜻한 거실 벽이 일순 빙벽 되는 바람

쩡쩡쩡
결빙의 소리
짱짱 쪼는 파열음

삼동을 지내면서 더 두꺼워졌나 보다
짱짱짱 튕겨내는 성깔만 키우고 키워
누워도 날 세워 갈며 툭툭 치는 빈말들

위태한 살얼음 오르기도 힘든 빙벽
저절로 봄은 오고 해빙에 꽃은 피나
한 마디 오해가 깊어
되돌릴 수 없이 깊어

도배를 하며

세월의 더께 앉은 남루를 벗겨내니
가려진 어둠 속에 우긋한 곰팡이 집
숨어 핀 홀씨 날개가 후르르 일어난다

못 자국만 상처랴, 버짐 같은 스티커에
내시경도 못 찾을 좀 쑤시는 벌레까지
소리와 빛을 가리고 깊은 잠을 자던 곳

벽지 한 장 새에 두고 마주한 너와 난데
하루의 속살이 먹빛으로 익은 저녁
소야곡 그 음향까지 귀를 열고 들었던가

얼룩도 얼룩 나름 황토 냄새 깨우니
꽃무늬 아름다운 벽화의 유혹이여
사각의 몸통 속으로 빨려든다, 내 숨결

울기에 딱 좋은 날

비석으로 돌아온
외조부님 뵈었을 때
깊을 대로 깊어서
눈물도 없는 슬픔
하늘이 빗물을 내려 대신 울어주었다

몰아치는 비바람에
슬픈 표정 감추며
아버지 품 안기더니
석고가 된 내 어머니
저 소리 천둥 우레에 칠십 년 한을 터시나

"덜 서뤄야 눈물 난다."
평소에 하신 말씀
4·3평화공원
행불자 묘역 참배의 날
비로소 눈물 나는 날이 오늘임을 알았다

어떤 연리목

벚나무 두 가닥에 배롱나무 네 가닥이
언제부터 한 몸 되어 꽃나무 되었느냐
봄철엔 벚나무로 살고 여름엔 배롱나무

우윳빛 매끈매끈 미녀의 각선미와
구릿빛 불끈불끈 장정의 근육질은
연인의 이상형이자 장밋빛 꿈 한 자리

뿌리를 한데 얽혀 백년해로 서약하며
나는 너 너는 나로 사는 게 부부의 연
사모의 마음을 돌던 중심추가 멎는다

오래 같이 살다보면 서로 닮아 가는가
배롱 꽃이 왕벚꽃을 따라 피는 여름 나절
풍기는 꽃향기마저 우는 새를 달랜다

페르소나의 눈물

부고장의 어머님은 평소에 뵌 적 없고
말 한마디 건냄 없던 대표님의 백수 모친

빈소에 연 향 피우면 염화미소 보이실까

검은 상복 예를 갖춰 무릎 꿇은 문상객도
망자와 짧은 시간 격식 차린 만남에는

체면에 익숙한 눈물 소금보다 더 싱거워

슬프고 아픈 마음 상주를 위로하는가
밥 먹고 술 마시며 허기를 해결하고

입 모아 명복을 비는 가면 쓴 얼굴 얼굴

철쭉제

붉은 혀 날름대며 무쇠를 벼리는 꽃
끝물의 얼음벽을 허물던 눈물 자국
몇 번 더 몸살을 하고 꽃 대궐 꿈 꾸는가

인심은 꽃 향처럼 보내어서 좋은 미덕
새봄의 나들이 위해 넉넉한 장을 편다
어설픈 분단장이지만 도타운 정 그 사람

화염이 거셀수록 잉걸불로 남을 흔적
통과의례 열꽃마다 간간한 바람 불어
너만을 '사랑한다'고 꽃망울이 터진다

빙어

말하면 말할수록
꼬여지는 동아줄
빙어 속 헤집어서 네 속에 넣는다면
너와 나 좁은 사이도 환히 열려 좋은 세상

믿음은 진실이라 증명하기 어려워서
감정 섞인 날 선 답만 돌아오니 어떡해!
변명을 안주 삼아서
쓴 소주를 마신다

사포질을 하며

하필이면 싱크대를 도마로 사용하다니

상판의 칼집 자국 얼기설기 그물 같다

방 빼고 비운 자리에 찍어 놓은 인증 샷

살짝 곰보 콤플렉스 매끈한 건 못 참아

엉뚱한 것 잡아놓고 해코지 해댄 걸까

사포질 성형을 하며 보조개 꽃 피운다

고사리도 철학한다

1
봄장마 전 꺾이어 짧은 생 마친 것을
29세 못 넘기어 요절한 시인이라
한 생을 '짧고 굵게 살자' 선현이 전했다고

억새와 억척스레 키재기 경쟁하며
오기 아닌 기백이라 고개 꼿꼿 세웠다가
모난 돌 정 맞는다는 불상사를 어이해

시행착오 거치고 거쳐 천국 이룬 푸른 영토
3대가 한 세대의 연대기를 엮나니
끈질긴 종족 보존에 눈물겨운 고사리

2

서로가 허리 굽혀
시선이 마주칠 때

어디서나 소통의 장
스르르 열리는 문

이것이 인생살이의
제1장 철학 입문서

영혼을 씻는 법

들숨 날숨 바람으로 소리를 삼키며

쇠 북이 되기 위해 끈질김을 익혔다

미물을 아끼는 곳에 사물四物의 길이 보여

쇠북은 무엇으로든 되는 게 아니었다

다 주고 한 장 가죽 속을 텅 비운 순간

중생의 영혼을 씻는 법고 소리 둥 둥 둥

거울

아내가 차려 준
요리랄 것도 없는

된장찌개 비벼 먹고
공원 산책 나선 길

하늘엔 먹구름 새로 파란 하늘 반기네

아침에 켕긴 마음
된장국에 풀리는 게

변하는 내 맘 같아
하늘에 뜬 것 같아

당신의 둥그런 맘도 거울임을 알았네

어떤 귀향

백목련 남은 향기
천리 길에 흘러넘쳐
환영의 현수막 위
태극기 나부낄 때
아련한 남색 코트에 흩어지는 봄 안개

봄볕 찾는 첫 동네
추억어린 옛 고향 집
해토머리 잠 깨우는
달래 냉이 그리운 곳
길고 긴 동·하안거에 나이테 푸는 봄바람

그 길을 짓밟고 간
거짓의 시대사를
주름진 두 손으로
가꿔놓을 올레 꽃길
백목련 다시 피어나 온 누리를 밝힌다

10·29 열차

헬러윈 마귀들을 이참에 골리려고

호박 탈 가면 쓰고 맞대결하기도 전

붉은 달 더 큰 악귀가 뒤따를 줄 몰랐다

누 떼가 강 건너듯 밀리고 떠밀리다

천 만개로 부서진 10·29 파편들이

은하의 잔별이 되어 밤새 흘러 내렸다

가을 정거장 너머

목 놓아 불러대던
애매미 떠난 자리
보내기 아쉬워서
배롱꽃은 배롱배롱
간다는 인사도 없이 막차 타고 가는 꽃잎

만날 날 기다리는
꽃무릇은 울컥울컥
언약의 증표인 듯
굽어보던 하현달이
조락의 공원 벤치에 차표인 양 놓은 낙엽

처서處暑 맞이

쉬 늙지 않으려면 매사에 기뻐하라
쉬운 말씀 못 지키는 귀먹은 먹구름이

웬일로 폭우를 쏟나
뭇매 맞는 고춧대

굽은 등 오롱조롱 고거 참 눈물겹네
폭염에 한풀 꺾여 처서를 부르는가

맵싸한 파란 하늘에
날개 펴는 잠자리

수월봉의 연대기

하늘 없는 수면 아래 용암처럼 끓는 말들
참고 참다 한계 넘쳐 터져 나온 불꽃 말들
지아비 응어리진 사연 사서오경 쌓겠다

지어미 어루만진 시루떡의 단면으로
좋은 세상 만나서 풀어보는 핵의 문장
또렷한 표정을 읽고 연대기를 다시 쓴다

사시 철 가리잖는 물미나리 쏟은 말도
용출수가 되지 못해 발굽 씻는 흐린 물도
화산의 한 가족으로 살아있는 거라고

란타나 집을 보았다

장미에 넋을 놓은 첫사랑의 나비처럼
마트와 마주하여 꽃단장한 작은 가게
눈부셔 마주할 수 없던 구슬 궁전 떠올라

안녕이란 낯 인사는 만남을 난 몰랐어
밤하늘 불꽃놀이 따라오던 감탄사가
폰 속에 꿈을 찍듯이 벨롱벨롱* 아롱져

두 얼굴 낯이 다른 꽃과 그녀 어울려서
멍하니 꽃을 보는 섬네일**로 너를 찍어
정물화 한 폭 올리니 란타나 집 멋지다

* 반짝반짝의 제주어
** 마중그림

제4부

맑고 깨끗하다

헛꽃도 인연
-동학사에서

동학사 일주문 밖 낯선 길 밝혀주는
불두화 만개하여 옷깃에 스미는 향
덧없이 헛꽃만 피던 봄 한철을 밝혀서

홀씨처럼 흩어진 첫사랑 빈 언약도
자책으로 남은 앙금 잊는 게 묘약이라
여기에 부릴까 보다, 흘려 쓰던 그 연서

귀 닳은 불전 펴고 예불하는 도량에서
들메끈 조여 매고 먼 산봉 바라보니
둥글어 다시 보이네, 작파했던 그 맹세

다산 사경*茶山 四景

다산
찻잎 따러 오르내린 발자취도 길이 되고
다도를 여느니 유배의 길도 보여
초당에 운치를 더할 시 한 수를 얹는다

정석
이끼 위에 또렷한 기러기 발톱처럼
정석이란 두 글자 세월의 물레 돌려
세상에 첫선을 보인 하피첩**을 적신다

다조
댓잎에 이는 바람 솔방울을 지피고
만덕산 푸른 정기 달인 차에 풀어내니
한 생의 절절한 고독, 차향에 드는 삼매경

약천
마음이 급하면 앉아서도 목마르다

가뭄에도 솟아나는 그리움도 약수같이
너겁을 걷어낸 마음, 물거울에 어린다

연지석가산
낮에 들어 푸서리를 새로이 경작하고
목민심서 펼치면 소쩍새도 따라 울어
꽃 피던 연지석가산에 낙엽 진 줄 몰라라

*다산초당에 있는 정석丁石이라 새긴 바위, 가뭄에도 마르지 않는 약천藥泉, 차를 달이던 다조茶竈, 갯가의 괴석을 모아 연못에 만든 연지석가산蓮池石假山

**다산이 강진에 유배시 부인의 치마를 잘라 만든 두 아들과 딸에게 보낸 서첩

바람의 집
-신두리 사구에서

뿔뿔이 흩어져도 서로를 잘 알아서
마른 시간 지낼수록 해당화 짙은 향기
불면의 깊은 밤에는 별빛 주워 길을 낸다

바람이 모여서니 사막에도 게르 한 채
앞뜰엔 눈썹 해안 삭막함을 가려 놓고
오음계 궁상각치우 해금 타는 줄사초

파도는 왔다가도 시간에 머물러도
사구의 옛 모습을 시문으로 복원하는
바람의 발자국마다 모래의 혼이 있다

인사동 참새

후르르 낙엽이다
아니다 참새 떼다

좁은 골목 식당으로
몰려드는 식객이다

다 식은 전통 잣 잔에 내려앉는 그대 얼굴

봄가을 바뀌어도
마냥 한철 한 타령

새것만 찾는 눈길
식상한 풍경이다

벽안碧眼의 관광객 앞에 펼쳐놓은 풍속도

달천의 풀꽃 훈장

-탄금대에서

임진년 새벽녘도 물안개 끼었을까
지척이 가리워진 백병전 그 전투에
성채 밖 봉수대마저 헤진 발을 구르고

배수진 최선이다, 활시위 불꽃 튀고
열두 대 오르내린 달천의 언저리엔
죽어서 지키리라는 풀꽃도 더 붉게 펴

불타는 태양처럼 신립의 한은 붉어
순국으로 이겼으니 달천의 풀꽃 훈장
기리는 겨레 발길에 송이송이 벙근다

막장 체험
-문경 석탄 박물관에서

탄광 입구 버티고 선 굴착기 그 형체가
미로의 암흑 속으로 한 무리를 삼키는
쥐라기 잔해로 남은 억센 공룡 뼈대 같다

초설에 정정했던 아름드린 어디 가고
고전을 엮어가던 호방했던 광부 얼굴
파리한 밀랍 인형으로 자리 지켜 섰구나

한限 세월이 죄인가
대답 없는 메아리여!
목말라 뛰쳐나오니
따라온 굉음 환청
공해를 남기는 것 같아 귀에 담고 온다

맑고 깨끗하다
-소쇄원에서

물결이 물결을 밀고
바람이 바람을 밀어
더 맑아지고 푸르러
고고한 기상이다

쳇부채 거르고 써는 만남도 서늘해

소리와 햇빛이
한 몸으로 흘러서
청매미 울음도
맑고 깨끗한가 보다

세월의 더께를 터는 아름다운 저 몸짓

나 여기 초대되어
광풍각에 앉으니

탐라를 연 양을나의
바다 빛 그 정기가

수천의 푸른 깃발로 펄럭이는 소쇄원

용오름의 꿈

-남해 다랑논에서

용오름 나선을 돌아 비상하는 황홀경
그 정상 올라서야 보이는 모자이크
물먹어 젖은 손으로 원색을 걸러낸다

허접의 조각보를 기워낸 근성으로
한 뼘의 하늘 자락 그마저 아쉬워서
하늘에 이르는 마음 사다리를 놓는다

거미줄 실도랑에 놀고 있는 우렁이들
혼백 묻힌 다랑이 물 계단이 고마워서
이 터를 하늘에 심고 용오름 꿈을 꾼다

도공의 하늘
-이천 도예촌에서

백의 걸친 도공이 조선 하늘이고 온다
주막집 복사꽃 잎 동동주에 띄워놓고
도자기 둥근 술잔에 넘치는 게 인심이다

둥근 독막 물레 돌려 무늬 놓는 손놀림은
문틈으로 스민 하늘 으깨는 재주였다
두루미 날개 춤사위 그 운치도 보이는 듯

하늘 묻힌 길을 찾아 불 지피며 설촌한 곳
켜켜이 쌓인 지층 잠자던 한 줌 흙이
도공의 숨결에 살아 부활한다, 백자기

물봉선을 만나다
-남한산성에서

처참히 꺾인 허리 상처를 치유하고
조선의 병사들아! 용틀임에 일어서라
숨죽여 축성 드리는 눈물겨운 물봉선

급류가 흐르던 골 용케도 자리 지키며
네 꽃잎 안간힘으로 한껏 붉게 피웠다고
그날을 증언해주는 매미 울음 뜨거워

씻어내지 못한 기억 초가을의 남한산성
그늘진 비탈에서 결기를 깨물면서
실낱의 볕뉘를 모아 파란 씨방 채운다

내 영혼의 가압장
-윤동주 문학관에서

인왕산 산책길 옛 시인이 거닐던 곳
발자국 겹치면서 찾아간 그곳에서
하늘을 시비로 받친 자화상을 만난다

지치고 상처 입은 어제오늘 민초들이
위로받아 힐링하는 내 영혼의 가압장
물탱크 닫힌 우물에 서시를 다시 띄운다

별 뜨락 벤치에도 흘러드나 용정 찻물
찻잔에 쏟아지는 별 하나 또 나 하나
청솔을 스친 바람이 보안등을 밝힌다

갈대와 흑두루미

-순천만 갈대밭에서

딱! 부러질지언정 굽히지 않는다는
그런 삶도 아름답고 미덥게 보이지만
가볍게 쓰러질지언정 꺾이지 않는 삶도 있다

그렇게 힘을 빼고 누웠다 일어나서
맑은 날 바람 품고 꽃대 밀어 올리는 곳
직립의 올곧은 뼈대 그 하나가 전부인 곳

비울 수 있어야만 가벼워진다는 걸
이곳 찾는 흑두루미 먼저 읽고 깨달아서
비상을 회복하는 곳 순천만의 갈대밭

만물이 공존하는 약자들의 세상 되니
더 꽃 같은 갈대꽃에 두루미 비상하면
눈 시린 풍경이 되어 하늘길도 열려라

엽서 한 장 2

-세방낙조에서

너 만나면 괴로움을 내려놓고 싶었어
미소가 숨어 있을 섬 새로 시선 꽂아
낙조의 뜸 들임처럼 느긋함을 그렸어

바다는 의미로워 근심도 풀어놓는데
솔섬을 막아서는 실망이란 안개 앞에
놀 없이 저무는 하늘 이변이란 그런 거

섬들은 섬들끼리 서로를 보듬으며
여든 고개 햇살을 외려 위무하는데
풍경은 지나간 후면 섬 그림자 같다고

그래도 섬 첩첩 오래 남을 추억으로
붙잡고 싶은 욕심 목울대를 치밀어서
뜨거운 꽃씨 한 줌만 눈물인 듯 뿌렸어

빛이 있으매
-홍련암에서

화마가 훑고 간 조락의 미틈달에

소멸과 재생 사이 모아 세운 만불탑

파도가 사윈 자리에 물거울을 비춘다

제 몸을 잘게 부순 바다의 아우성을

동굴에 빛이 되어 밝혀주는 마루청 밑

따라온 치어들까지 참선하니 더 곱다

목포의 눈물
-유달산에서

등반로 돌계단도 어느 때는 산사태로
일장기 꽂아놓고 엔가도 흘렀으리
이제야 제 얼굴하고 맞아주는 유달산아

충무공 동상에 청동빛 맺힌 이슬
낟가리 노적봉에 삼학도가 엉켜든다
목포항 고동 소리에도 출렁였을 그 자취

산천 의구하다는 말 예서는 더욱 아니
사공의 집도 절도 풍정도 간 곳 없는데
이난영 '목포의 눈물' 그 가락만 유장하다

빨래하는 여인*

-'뮤지엄 SAN'에서

1
오죽하면 그러겠냐
빨래터 딱따구리
두들기고 쥐어짜며 한풀이를 하고 있다
소매를 걷어붙이고 흘려버린 물마께**

2
비비고 쥐어짜며 얼룩이 지워내면
우울한 그녀 한 생, 내일이 밝아질까
하녀는 여자 삶이라
속 눈썹이 깊구나

3
자작나무 사잇길에
산수국이 피어나듯

영혼을 헹굼한 곳
환한 햇살 내려서

고통이 지난 자리에
맑은 샘이 흐른다

* 오귀스트 르누아르의 조각작품. 원주시 '뮤지엄 SAN'
에 있다.
** '빨래 방망이'를 뜻하는 제주어

과차過此 한자리

-거제도 서자암에서

우제봉 마애각
서불과차 전설 따라
동남동녀 삼천 명이 이곳을 지났다면
불로초 찾을 길 없어 동백꽃만 밟았으랴

서자암 내릿길에
저 무심한 동백꽃
그대의 가슴에 피고 내게도 피어나니
우리도 과차 한자리 몽돌에다 새기랴

남해 금산, 제주 정방
자취만 남겨놓고
바다 건너 야메시에 끝내는 못 이룰 꿈
따르는 지친 영혼을 동박새 울어 달래랴

돌비에 새긴 말씀
-주산지에서

둑방길 내려서면 바람처럼 외로운데
고여있는 따슨 정이 물안개 입김이듯
주산지 절절한 사연 풀어놓는 왕버들

흐르며 스며든 물 수목의 젖줄 되고
바람은 흐르면서 돌비만 어르는가
수문장 복창하듯이 그렇다니 미덥다

거뜬히 산 삼백 년도 찰나의 순간이라
백 년도 못 산 인생 존재감 한탄 말고
흐르는 바람길 좇아 안녕하라 이른다

고요한 출렁임이 음성으로 다가와
한 번쯤 만나고픈 돌비에 새긴 이름
산그늘 내려앉을 때 메아리가 부른다

해설

정희경(시조시인)

충만과 완미婉媚의 시학
-김영기 시조집 『시의 옷』 읽기

정희경(시조시인)

1. 미수米壽, 익다

인생에 있어 미수米壽에 이른다는 것은 어떤 의미일까? 거기에 더하여 글과 함께한다는 것은 또한 어떤 느낌일까? 김영기 시인은 평생 글과 함께하면서 그만의 길을 꿋꿋하게 걸어온 문사이다. 그가 걸어온 길에는 무수한 희로애락이 자리 잡고 있을 것이다. 때로는 신념으로 견디고 때로는 온몸으로 받아내며 그만의 색깔을 입힌 길이 찬연하다.

초등학교 교과서에 실리기도 했던 그의 동시 「이상 없음」에서 말한 "벌레가 먼저 먹어 보고 '이상 없음'을 알려 주는 것"처럼 그의 길에 함께한 동시와 동시조 그리고 시조들은 후학들에게 인생길을 밝혀주는 길잡이가 될 것이다. 특히 그의 시조는 먼 길을 걸어오면서 둥글어지고 부드러워져 가득 차고 아름다워졌다. 그의 시조가 지닌 충만과 완미의 미덕은 그가 걸어온 시간과 무관하지 않음이다.

편하고 임의로운
단벌 남루 벗으려고
신상을 걸쳤더니
어색하고 불편하다

빈티지 축에도 못 낄
솔기 해진
옷 한 벌

-「시詩의 옷」 전문

김영기 시인이 걸친 "옷 한 벌"은 "솔기"까지 "해진" "단벌 남루"이다. 그렇지만 더할 나위 없이 "편하고 임의로운" 옷이다. '시인의 말'에서처럼 그에게 있어 "시의 옷"은 "시의 밥, 시의 집, 시의 넋"과 동의어로 쓰인다. 그래서 "꽃피우니" "시의 힘"이 된다고 밝히고 있다. 의식주에 넋까지 더해 그는 평생 "시의 옷"을 걸치고 그 힘으로 세상을 꽃피우고 있다. "시"와 함께 해온 그의 생이 미수를 바라보며 세상과 시에게 바치는 솔직한 고백이다.

"여든넷" "웃음꽃 이운 마디를 / 세"며 낡은 "눈물샘"(「라디오」)을 자극하는 나이지만 "맵싸하던 성깔 죽고 / 진기 빼고 수굿해"(「흑마늘」)진 모습으로 "쉬 늙지 않으려면 매사에 기뻐하라"(「처서處暑 맞이」)를 명언처럼 간직하고 그렇게 행동하고 있는 시인의 모습은 그의 시조에 고스란히 담겨있다.

여든 계단 훌쩍 건너
뒤뚱대는 눈에 비친

되돌아갈 길 없어도
갈 길 가는 미삐쟁이

키질에
날리는 졸레를
끌어당겨 견준다

-「미수米壽」 전문

"갈 길 가는 미삐쟁이(억새 꽃대)"는 억새가 가진 모습과 성질 모두에서 시인 자신을 형상화하고 있다. 시각적인 모습뿐 아니라 내면적인 모습까지 자신을 닮은 "미삐쟁이"는 "미수"를 바라보는 나이에 "날리는 졸레(쭉정이)를 / 끌어당겨 견준다." 시인의 끊임없는 시작詩作 태도를 엿볼 수 있는 시편이다. "키질에 / 날리는 졸레를 / 끌어당겨 / 견준다"에는 낡고

여리고 보잘것없는 것에 대한 김 시인의 연민이 나타나 있고 자기 작품에 대한, 더 나아가서는 자신의 생에 대한 겸손이 함께 한다. 미수를 바라본다는 것은 그런 것이다. 자신을 돌아보고 자신에 대해 겸손해지는 시간, 익어가는 시간이다.

그는 소재를 관습적인 시선으로 바라보지 않는다. "수선화"를 "백의민족"으로, "흑마늘"을 "사리로 남은 뜨거운 간증"으로 "다 비워 버려진 병"을 "춘궁기春窮期"로 바라보고 "직박구리"를 "김통정 / 벗어 숨긴 / 갑옷"을 찾는 것으로 형상화한 것은 신선하다. 그의 시선은 독특한 자기 주관의 확보를 담보하고 있다. 많은 시간과 그 시간을 걸어온 길 위에 가득 차고 둥글어져 익고 있는 이만이 가능한 것이다.

2. 본향, 그리다

김영기 시조의 지향점은 본향이다. 그에게 있어 본향은 단지 사전적 의미의 본향만이 아니다. 정신적으로 그가 의지하고 그리워하며 최종적인 안식을 희구하는 곳이 그에게 있어 본향이다.

어딘지 모를 연못 착지점 없는 자궁
벽을 향해 돌진하는 본능마저 일었으니

가여운 올챙이라오! 가는 곳도 몰라요

하늘 날아 어디든지 착지하는 민들레 씨
강 거슬러 상류 가는 연어 떼의 몸부림
경중을 따질 일 없는 동경의 삶 자체였소

내 본향 옹달샘에 귀소할 수 있다면
회귀하는 연어 떼 하나도 부럽잖아
내 자손 탄생을 위해 내 한 몸 부서져도

-「올챙이의 절규」 전문

본향으로 돌아가고자 하는 귀소 본능은 생명을 가진 어떤 미물이라도 느끼는 원초적인 감정이다. 김영기 시인은 "민들레 씨"와 "연어 떼의 몸부림"의 자유로움을 동경하지만 그가 원하는 것은 본향으로 돌아가는 것이다. 즉 스스로를 본향에 구속하는 삶을 더 값진 삶이라 진술하고 있다.

"어딘지 모를 연못" "착지점 없는 자궁"이라는 현실에 놓인 그는 스스로를 "가여운 올챙이"라 단정하면서 자손의 탄생을 위해 "옹달샘"으로의 귀소를 희망한다. 그런데, 자신이 돌아가고자 하는 본향조차 자그마한 공간이다. 그러나 그 작은 공간 옹달샘은 그의 시상이 퐁퐁 솟아나는 늘 맑은 곳이리라. 미수를 바라보는 자신을 문학적인 성취에 있어 "올챙이"에 빗대었다면 "자손의 탄생"은 그에게서 탄생하는 많은 작품을 상징하는 것이리라. 결국 김영기 시인의 본향은 글이 있는, 글이 샘솟는 "옹달샘" 같은 곳이리라.

화창한 봄날 한철 아득해 그에게는

조롱하는 새 노래를 축가로 들었을 때

끝자락 풀벌레 울음 서러운 줄 몰랐다

죽어도 안 온다던 죽어서 돌아온 그

대소가大小家 종착역이 여기인 줄 알았으랴

미워도 어쩔 수 없이 장대 빗속 달린다

조강지처 숙명이란 믿을 수 없다하고

그 길에 뿌린 씨앗 숲으로 가꾼 곳에

바람에 뒹굴며 오는 가랑잎을 보았다

-「나도 보았다」 전문

화자가 바라보는 「나도 보았다」의 주인공은 "죽어서 돌아온" "그"이다. 시인은 "그"의 삶을 서사적인 구조 속에 녹여 본향으로의 귀소를 보여준다. "화창한 봄"이 지나고 "장대 빗속"을 지난 삶이 "끝자락 풀벌레 울음"이고 "바람에 뒹굴며 오는 가랑잎"이라 한다. 자연의 순리를 따르는 일이 "대소가大小家 종착역"과 "조강지처 숙명"과 궤를 같이한다. "나도 보았다"라는 제목으로 겉으로는 서술하지 않은 "그"의 삶의 종착역에 은근히 동조함으로써 본향의 당위성을 피력하고 있다.

김영기 시인에게 있어 본향은 "꿩 소리 환청 아프"(「고산동산의 서정」)게 들리는 곳이고 "내 마음 흔들어 놓"(「그 꽃이 거기 있어」)은 곳이며 "님이 남긴 발자국"(「당신의 빗발」)이 있는 곳이다. 그리움의 근원이 싹트는 곳이며 그의 시조가 샘솟는 곳이기도 하다.

3. 울음, 흐르다

시인에게 있어 눈물 혹은 울음은 또 다른 언어이다. 언어란 자신의 감정을 표현하는 수단일진대 눈물 혹은 울음 또한 그러하기 때문이다. 꽉 차 있는 감정이 눈물로 흐르고 정화작용을 거친다. 그것은 이별에서 발현하여 실존 자체에 대한 외로움과 그리움을 낳는다. “비의 탱고”를 부르는 「비의 노래」, “빗돌의 눈물”과 “나무의 통곡”을 노래한 「눈물과 통곡」, “얼음벽을 허물던 눈물 자국”을 본 「철쭉제」 등에서 사물 혹은 실존에 다가가 그들이 가진 원초적인 슬픔을 노래한다.

비석으로 돌아온
외조부님 뵈었을 때
깊을 대로 깊어서
눈물도 없는 슬픔
하늘이 빗물을 내려 대신 울어주었다

몰아치는 비바람에
슬픈 표정 감추며
아버지 품 안기더니
석고가 된 내 어머니
저 소리 천둥 우레에 칠십 년 한을 터시나

“덜 서뤄야 눈물 난다.”
평소에 하신 말씀
4·3평화공원
행불자 묘역 참배의 날

비로소 눈물 나는 날이 오늘임을 알았다

-「울기에 딱 좋은 날」 전문

애간장 타들어야 설움이 울음 되는지

좀처럼 울지 않는 어머니 밤의 숲에

한숨을 몰아쳐 대는 밤바람의 대성통곡

눈물이 진주라는
이 말 너도 알고 있니

칠흑 어둠 지나간 후
숲길에 맺힌 이슬

햇살에 반짝이는 것
그 나이 돼 깨쳤다

-「어머니 호곡장好哭場」 전문

위의 두 편의 시조는 "어머니"와 "눈물"을 기조로 하고 있다.「울기에 딱 좋은 날」과 함께 읽어야「어머니 호곡장好哭場」을 이해하기 쉽다. 어머니의 슬픔은 "4·3평화공원 / 행불자묘역"에 닿아 있다. 4·3은 개인의 슬픔을 넘어 국가, 더 나아가 인류의 슬픔이다. "깊을 대로 깊어서 / 눈물도 없는 슬픔"이다. 그 슬픔은 급기야 "애간장 타들어야 설움이" "울음"이 된다. 절정의 순간에 시인은 희망을 본다. 눈물의 정화작용이리라. "참배하는 날" 아니 '참배라도 할 수 있는 날' "칠흑 어둠 지나간 후" "햇살 반짝이는 것"을 본다. 어머니의 슬픔을 더 확대하고 눈물을 매개로 하여 이름 없이 떠돌고 있는 4·3의 원혼들을 달래는 시조로 읽어도 좋겠다.

4. 세상, 어루만지다

김영기 시인의 시조집 『시의 옷』에는 대체로 자신에게 침잠하는 작품이 많다. 그러나 시인이 살아가는 사회에 대해 일침을 가하는 시조를 읽는 재미 또한 놓칠 수 없다. 그러한 시조들이 거대한 사상이나 이념으로 점철된 것은 아니다. 많은 시간 동안 생각이 충만하여 '이러했으면 좋겠다'는 의지를 표명한 작품이 많다. 세상을 빗대거나 구호를 외치거나 주장을 강하게 표명하는 대신 세상과 사회의 아픔을 어루만지며 따듯하게 보듬고 충고하는 방식을 취하는 것은 또한 그의 시조가 가진 미덕 '충만과 완미'에 기인한 것이다. 소리 없이 강함이 이런 것이다.

소라 집도
고만큼만
달팽이도
고만큼만

제 깜냥
제가 알아
분수를
지키느니

집 갖고
불평하느라
집이
짐이 되는 세상

-「집이 짐」 전문

한창 사회문제가 되고 있는 '집'이 이 시조에서도 화두이다. 그러나 이 시조에서는 '전세 사기' 같은 사회문제에 초점이 맞추어져 있지 않다. 분수에 맞지 않은 더 큰 집을 얻으려는 인간의 욕망에 대한 경고를 "소라"와 "달팽이"로 은유하여 보여주고 있다. 첨예하게 대립하거나 쟁점이 되는 주제가 아니라 인간 본성에 바탕을 둔 주제로 사회문제를 건드린다는 것은 세상을 둥글게 어루만지는 그의 심성 때문이다. 쉽게 복제되는 세상을 「출력&출산」으로, 고구마를 통해 "편견"을 노래한 것도 같은 선상에 있다.

헬러윈 마귀들을 이참에 골리려고

호박 탈 가면 쓰고 맞대결하기도 전

붉은 달 더 큰 악귀가 뒤따를 줄 몰랐다

누 떼가 강 건너듯 밀리고 떠밀리다

천 만개로 부서진 10·29 파편들이

은하의 잔별이 되어 밤새 흘러 내렸다

-「10·29 열차」 전문

2022년 10월 29일 우리는 이태원 참사를 겪었다. 혈육을 잃은 이는 물론이거니와 온 국민이 그날의 참사를 잊을 수가 없다. 많은 시인들이 그날의 아픔을 노래하고 있다. 때로는 격하게 그날의 슬픔을 이야기하고 더 나아가 책임자 처벌을 원하는 시들을 발표하고 있는 시점에서 김영기 시인의 이 시조는 참으로

귀하다. “은하의 잔별”로 은유된 “10·29 열차”가 가는 곳은 어디일까? 그가 열차에 그들을 태운 이유는 무엇일까? 목적지가 없는 열차를 탄 이들은 은하로 가는 것일까? 등 시인의 생각을 독자들은 끝까지 따라가게 된다. “밀리고 떠밀리다” “부서진” “흘러 내렸다”의 동사들은 그날의 상황을 눈에 보이듯이 묘사하고 있으며 상황 전달만으로도 슬픔을 한가득 안고 있다.

상황을 툭 던지듯 묘사하는 이 기법은 “구조조정 명퇴 바람”으로 위기를 맞은 부부의 삶을 보여준 「빙벽」에서도 발휘된다. 빙벽과 부부를 대등하게 또는 대조적으로 배치하여 부부에게도 “저절로 봄은 오고 해빙에 꽃”이 피듯이 오해가 풀리길 갈구하고 있다.

5. 여행, 담다

『시의 옷』 4부에는 여행지에 대한 시편들을 묶어 놓았다. 자칫 기행문이 되는 것을 경계하여 기행시조를 쓰는 것을 염려하는 이들에게 그의 시편들은 본보기가 될 것이다. 마치 「이상 없음」처럼…….

> 딱! 부러질지언정 굽히지 않는다는
> 그런 삶도 아름답고 미덥게 보이지만
> 가볍게 쓰러질지언정 꺾이지 않는 삶도 있다

그렇게 힘을 빼고 누웠다 일어나서
맑은 날 바람 품고 꽃대 밀어 올리는 곳
직립의 올곧은 뼈대 그 하나가 전부인 곳

비울 수 있어야만 가벼워진다는 걸
이곳 찾는 흑두루미 먼저 읽고 깨달아서
비상을 회복하는 곳 순천만의 갈대밭

만물이 공존하는 약자들의 세상 되니
더 꽃 같은 갈대꽃에 두루미 비상하면
눈 시린 풍경이 되어 하늘길도 열려라

-「갈대와 흑두루미」 전문

순천만 갈대밭에서 갈대와 흑두루미를 통해 그가 본 것은 "직립의 올곧은 뼈대"이다. 유연해서 "쓰러질지언정 꺾이지 않는 삶"이다. 갈대밭에 흑두루미가 훠얼훨 날고 있는 모습이 선명하게 그려진다. "순천만 갈대밭에서" "만물이 공존하는 약자들의 세상"을 읽을 수 있는 힘은 깊은 사색에서 오는 결과이리라.

김영기 시인이 펼쳐 놓은 여행에 관한 시조는 서경이나 역사적 사건 위주가 아니라 서정과 서사에 닿아 있는 점이 그의 시조의 격을 높인다. 구태여 장소에 대한 설명이 없어도 그의 시선을 따라 그곳에서 함께

느낄 수 있다는 점이 큰 장점이며 작품마다 주제가 선명하다.

여기에 부릴까 보다, 흘려 쓰던 그 연서 -「헛꽃도 인연-동학사에서」

불면의 깊은 밤에는 별빛 주워 길을 낸다 -「바람의 집-신두리 사구에서」

고전을 엮어가던 호방했던 광부 얼굴 -「막장 체험-문경 석탄 박물관에서」

세월의 더께를 터는 아름다운 저 몸짓 -「맑고 깨끗하다-소쇄원에서」

허접의 조각보를 기워낸 근성으로 -「용오름의 꿈-남해 다랑논에서」

실낱의 별뉘를 모아 파란 씨방 채운다 -「물봉선을 만나다-남한산성에서」

찻잔에 쏟아지는 별 하나 또 나 하나 -「내 영혼의 가압장-윤동주 문학관에서」

오죽하면 그러겠냐 / 빨래터 딱따구리 -「빨래하는 여인-'뮤지엄 SAN'에서」

제목과 소제목만 읽어도 사고의 깊이를 충분히 느낄 수 있다. 그는 이런 기행시조를 통해 세상만사를 따듯하고 살뜰히 담아낸다.

6. 영혼을 씻으며

김영기 시조의 특징은 어느 한 곳이나 하나의 사물, 혹은 하나의 생각에 머물러 있지 않다는 것이다. 소재도 광범위하거니와 발상도 독특한 작품이 많다. 시인의 손 닿는 곳, 발 머무는 곳, 생각이 자리한 곳, 그 어디에도 그의 시조가 자리한다. 마치 시조라는 옷을 걸친 것처럼 김영기 시인이 존재하는 곳 어디든 시조가 함께하는 느낌이다. 많은 시간 동안 그의 시조는 충만하고 완미婉媚한 미덕을 갖추었다.

들숨 날숨 바람으로 소리를 삼키며

쇠북이 되기 위해 끈질김을 익혔다

미물을 아끼는 곳에 사물四勿의 길이 보여

쇠북은 무엇으로든 되는 게 아니었다.

다 주고 한 장 가죽 속을 텅 비운 순간

중생의 영혼을 씻는 법고 소리 둥 둥 둥

-「영혼을 씻는 법」 전문

필자는 『시詩의 옷』을 읽는 내내 "영혼을 씻는 법고 소리"를 들었다. "다 주고 한 장 가죽 속을 텅 비"워 "미물을 아끼는 곳에" 그의 시조가 부드럽고 아름다운 소리로 충만한 것을 보았다.

감사와 존경을 함께 적는다.

시詩의 옷

김영기 시조집

초판인쇄 2024년 7월 25일
초판발행 2024년 8월 22일

지 은 이 김영기
펴 낸 이 노용제
펴 낸 곳 정은출판

주 소 서울특별시 중구 창경궁로 1길 29 (3F)
전 화 02-2272-9280
팩 스 02-2277-1350
이메일 rossjw@hanmail.net
홈페이지 www.je-books. com

ISBN 978-89-5824-503-2 (03810)

값 12,000원

* 잘못된 책은 바꾸어 드립니다.
* 이 책은 제주특별자치도와 제주문화예술재단의 2024년도 제주문화예술지원사업 후원을 받아 발간되었습니다.